Dirección editorial:
Departamento de Literatura Infantil y Juvenil

Dirección de arte:
Departamento de Imagen y Diseño GELV

Concepto gráfico y diseño de la colección:
Gerardo Domínguez

Primera edición: octubre 2001
Duodécima edición: febrero 2012

© Del texto: Rocío Antón y Lola Núñez
© De la ilustración: Paz Rodero
© De esta edición: Editorial Luis Vives, 2001
   Carretera de Madrid, Km. 315,700
   50012 Zaragoza
   Teléfono: 913 344 883
   www.edelvives.es

ISBN: 978-84-263-4465-6
Depósito legal: Z 1605-2011

Edelvives Talleres Gráficos. Certificados ISO 9001
Impreso en Zaragoza, España

Rómulo,
un lobo solitario

Rocío Antón
Lola Núñez

Ilustraciones de
Paz Rodero

EDELVIVES

Cada , los pequeños
del piden al viejo roble
que les cuente un .
Hoy, les va a contar
una historia de .
El roble mece sus
y comienza el .

Una noche de verano, se declaró
un incendio en una  cercana al .
Todas las familias de
se reunieron para huir juntos del .
Una pareja de  emprendió
la huida con sus 10 hijos.
Al cruzar el , uno de los lobitos
quedó atrapado entre los .

Rómulo, que así se llamaba el lobezno,
aulló con todas sus fuerzas bajo la ,
pero el chisporroteo del  ahogó
su grito.

Después de forcejear un buen rato,
Rómulo se liberó de los y se subió
a una que estaba en el centro
del . Allí esperó a que el incendio
terminara. Rómulo aulló llamando
a otros , pero en todo el

sólo se oyó:

"¡Es el lobo! ¡Es el loboooo!".

Al escuchar aquel eco entre los ,
Rómulo pensó: "¡Qué bien! Todos
me conocen. Seguro que encontraré
amigos en este ".

Así que echó a andar por la orilla
del , buscando otros .

Anduvo hasta que se hizo de ,
pero no vio a nadie.

El lobezno encontró una
y allí mismo se echó a dormir.

Por la mañana, Rómulo fue al .

Mientras bebía, vio un animalito.

Era un que lo miraba curioso.

—¡Hola! —dijo Rómulo.

—¡Hola! —respondió el —. ¿Quién eres tú?

—Yo soy un lobo...

Sin dejarle terminar, el echó a correr entre las , chillando:

—¡Es el lobo! ¡Es el lobo!

Lo mismo sucedió con un ,
con un  y con una .
Todos ellos huyeron entre
los  gritando:
—¡Es el lobo! ¡Es el lobo!

Poco a poco, Rómulo empezó
a disfrutar asustando a los pequeños
 que vivían en el  .
El lobezno se escondía entre
los  y salía de sopetón, aullando:
—¡Uh, soy el lobo!

Rómulo creció solo en el ,
sin la compañía de otros
y atemorizando a los vecinos.

Así se convirtió en un lobo solitario.

Todos los del temblaban
al escuchar el nombre de Rómulo y
procuraban no cruzarse en su camino.

Cada , al salir la ,
Rómulo, el solitario, se subía a una
y aullaba hasta quedar afónico.

Una , sucedió algo sorprendente: Rómulo aulló y, del otro lado del , le llegaron los aullidos de otros  que le contestaban.

Entonces, bajó de la  refunfuñando, porque no le gustaba tener visita.

Al día siguiente, los  atravesaron
el . El anciano jefe de la manada
se acercó a Rómulo y lo invitó a unirse
a ellos en su viaje hacia la .

Rómulo contestó con un gruñido
y se alejó.

Llegó la primavera. El  se vistió de 🌸 y los 🌳 se cubrieron de 🍃. Los 🐾 jugaban y se divertían.

Rómulo recordó los tiempos en
que vivía con su familia y jugaba
con sus hermanos a chapotear en el
y a perseguir  entre las .
    Rómulo estaba cansado de asustar
a sus vecinos y tomó una decisión:
dejaría aquel donde se sentía tan
solo y buscaría la manada de .

Rómulo caminó siguiendo las
de la manada. A veces, un aullido lejano
le indicaba que seguía el adecuado.

Una , por fin, encontró a los
descansando frente a una .

Rómulo se acercó al jefe y le dijo:

—Ahora sé que debo estar con vosotros.

El anciano le miró a los y repuso:

—Bienvenido. Aquí encontrarás
amistad y protección.

Con el tiempo, Rómulo aprendió
a confiar por completo
en los otros  .
También se ganó su amistad
y olvidó su dura vida de lobo
solitario en el  .

Y cada , Rómulo se reunía
con los otros  en un claro.
Todos juntos aullaban a la ,
y Rómulo les hablaba de lo importante
que es vivir rodeado del cariño
de la familia y de los amigos.

27

Para ser felices necesitamos

dar y recibir cariño

por donde vamos.

Pictogramas

animales

árboles

ardilla

bosque

camino

conejo

cuento

cueva

diez

erizo

flores

fuego

hojas

huellas

juncos

lobos

luna

mariposas

montaña

noche

ojos

piedra

ramas

ratón

río